Die Herausgeber danken der letzten lebenden Sprecherin des Miauischen, Adrienne Pju, für die Unterstützung beim Verfassen dieses Buches.

Jason Hazeley ist freier Autor und hat zusammen mit Joel Morris eine Reihe herrlich sinnfreier Radio- und TV-Comedy-Formate entwickelt. Er verbringt seine Zeit zu gleichen Teilen in London wie im Pub. Dasselbe könnte man auch über Joel Morris sagen.

J.A. Hazeley
J.P. Morris

DIE KATZE

Ein Handbuch

Aus dem Englischen
von Edith Beleites

An einer Katze als Haustier kann man viel Freude haben.

Katzen sind warm und flauschig wie Kuscheltiere. Ihre Besitzer schenken ihnen viel Zeit und Zuneigung.

Und genau wie Kuscheltiere geben sie ihrem Besitzer so gut wie nichts zurück.

Über die Jahrtausende haben Menschen und Haustiere ein besonderes Verhältnis entwickelt.

Hunde haben gelernt, dem Menschen auf vielerlei Weise zu dienen.

Menschen haben gelernt, was ihren Katzen am besten schmeckt.

Jasmin weiß, wie verschieden ihre Katzen sind.

Minka ist reserviert, Kiki distanziert. Pinki ist unnahbar, Schneeball abweisend, und Professor Schnurr meidet Menschen.

Doch so verschieden sie auch sind – Jasmin liebt sie alle, was den Katzen aber herzlich schnuppe ist.

Ottokar spielt mit einem Vogel.

Die einzige Spielregel lautet: Gewinner ist, wer den anderen zuerst zwischen die Zähne kriegt und herumschleudert, bis er tot ist.

Ottokar ist enttäuscht: Ein Wollknäuel hat mehr Biss.

Katzen haben sensible Zungen und Nasen. Deswegen wissen sie ganz genau, was ihnen schmeckt.

Es ist also eine gute Idee, genug Lieblingsfutter im Haus zu haben. So ist dafür gesorgt, dass Sie genug wegzuwerfen haben, wenn die Katze es sich anders überlegt.

Hauskatzen gehören zur selben Tierfamilie wie Löwen, Geparden und Leoparden.

Sobald das Amt für Landschaftspflege und Forstwirtschaft herausfindet, wo diese Familie wohnt, wird es sie zu einem ernsten Gespräch vorladen.

Diese Tür hat keine Katzenklappe, sodass Tiere nur schwer ins Haus gelangen können.

Tote Maulwürfe, Vögel, Ratten sowie die Vorderhälften von Mäusen müssen also auf der Türschwelle bleiben, zusammen mit der Katze.

Hier sehen Sie das Sternbild Katze.

Am Nachthimmel finden Sie es neben dem Sternbild Besitzer-will-am-Abend-das-Haus-zusperren-und-fragt-sich-wo-seine-Katze-geblieben-ist, direkt unter dem Sternbild Gartenschuppen.

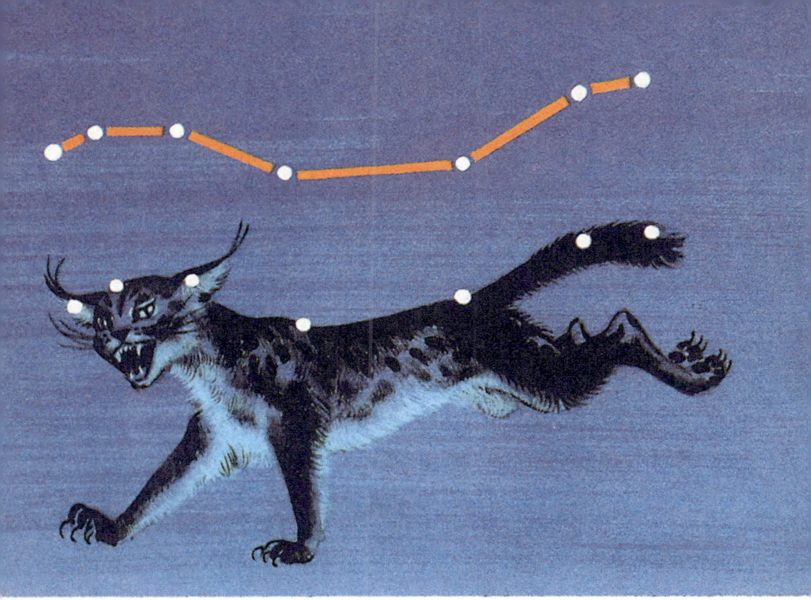

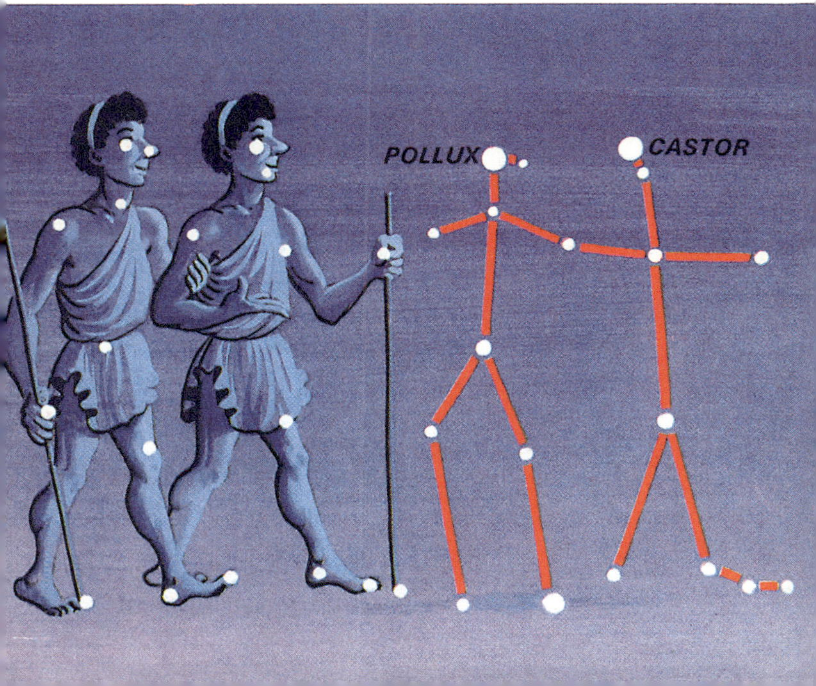
POLLUX
CASTOR

Die Welt der Katze besteht aus zweierlei: Dingen, vor denen sie Angst hat, und Dingen, in die sie reinklettern will.

Katzen sind bestens für den Beutefang ausgestattet.

Mit Hilfe ihres ausgezeichneten Gleichgewichtssinns und ihrer scharfen, nach vorne gerichteten Krallen erklimmen sie Bäume mit Leichtigkeit. Beim Abstieg hilft ihnen ein voll besetztes Feuerwehrfahrzeug mit ausfahrbarer Leiter.

Jeden Morgen zeigt Anita ihren Katzen einen Zeichentrickfilm.

Die Katzen verstehen den Film nicht, aber wenigstens sind sie beschäftigt und beobachten Anita nicht auf der Toilette.

Bachs Katze sitzt vorzugsweise auf der Klaviatur.

»Runter da!«, schimpft Bach. »Ich muss diese bahnbrechende Fuge zu Ende komponieren!«

Er setzt die Katze auf den Boden.

Bach und die Katze belauern einander, wohl wissend, was als Nächstes passiert.

Katzen verstecken sich gern in Kisten.

Imhoteps Katze, Tapsi-Ra, hat sich in seinem Sarkophag versteckt und will nicht rauskommen.

Imhotep fragt seinen Pyramidenbauer, ob es nicht einfacher wäre, Tapsi-Ra dort zu lassen und einfach zu behaupten, Katzenbegräbnisse seien jetzt in Mode.

Diese Kätzchen sind noch zu klein, um zu wissen, dass Katzen nicht wie Menschen lesen.

Stattdessen wartet eine Katze, bis ihr Besitzer ihr zeigt, welche Bücher und Zeitschriften interessant sind, indem er sie aufschlägt.

Dann nimmt die Katze darauf Platz und liest mit dem Hinterteil.

ABCDEF
NOPQRST
UVWXYZ

Eine Katze verbringt fast drei Viertel ihres Lebens mit Schlafen.

Deswegen braucht sie neun Leben, um alles zu tun, was eine Katze tun muss.

Es gibt auch Arbeitskatzen.

Das hier ist das Hauptquartier einer Bande, die die Weltherrschaft an sich reißen will. Die hier beschäftigte Katze dient als Sündenbock, wenn sich ein Geheimagent einschleicht und dabei lauter Metallteile umwirft.

»War bloß die Katze«, sagt der Türsteher, wenn die aufgeschreckte Katze durchs Bild läuft.

Eigentlich brauchen Bösewichte keine Katzen, aber es ist nun mal Tradition.

Katzen jagen gern, spielen dann mit ihrer Beute und zerfetzen sie.

Jonathans Katze, Milly, hat eine dreiviertel Stunde lang Jonathans Erdkunde-Hausaufgaben gejagt.

Milly fand und tötete zwei sichelförmige Seen und das Höhenprofil des Erzgebirges.

Sie müssen Ihre Katze so oft wie möglich fotografieren, denn sonst wüssten die Leute womöglich nicht, dass Sie eine haben.

Wenn Ihre Kamera kaputtgeht, können Sie aus allerlei Abfall eine neue basteln. So müssen Sie keinen Moment lang darauf verzichten, allen zu beweisen, dass Sie eine Katze haben.

Katzen mögen egoistisch und verwöhnt wirken, aber im Haushalt können sie sehr nützlich sein.

Hätte Sarah keine Katze, müsste sie ihr Federbett selbst schreddern.

Sir Elton Johns Katze, Paradiddle, hat eine Maus entdeckt.

Die Maus sieht Paradiddle und tut so, als sei sie Sir Elton John, der gerade Klavier spielt.

Aber so leicht lässt sich Paradiddle nicht täuschen. Sir Elton John ist nämlich etwas größer als die Maus und besitzt schon seit 1975 kein durchsichtiges Klavier mehr.

Die griechische Regierung hat diesen Kratzbaum errichten lassen, um etwas gegen die zunehmende Katzenplage zu unternehmen.

Der Laserpointer an der Spitze kann bis zu 450 Katzen gleichzeitig anlocken, die dann den roten Punkt jagen, während sie registriert und kastriert werden.

Mathilda spielt mit ihrem Puppenhaus und ihrer Katze Rosa.

Rosa kann kein Deutsch, versteht die Menschen nicht, erkennt nichts in weniger als zwei Metern Entfernung, und logische Handlungsabläufe sind ihr fremd.
Gott allein weiß, was Rosa hier zu sehen glaubt.

Sonja ist im Gefängnis gelandet.

Sie macht sich Sorgen, wer wohl ihren Kater Pascha versorgt, solange sie nicht daheim ist.

Pascha macht sich keine Sorgen. Er kann sich sowieo nicht mehr an Sonja erinnern, dafür aber an ihre sechs Nachbarn, die ihn auch sonst jeden Tag füttern.

Mimi hat ihre Katze Minimimi sehr geliebt.

Als Minimimi starb, ließ sie sie ausstopfen.

Der Tierpräparator war erstaunlich günstig.

Titel der englischen Originalausgabe:
»How It Works: The Cat«

Umschlaggestaltung: ZERO Werbeagentur, München unter
Verwendung eines Motivs von © Ladybird Books Ltd, 2017
Satz: Helmut Schaffer, Hofheim a. Ts.
Gesetzt aus der Myriad Pro
Druck und Einband: L.E.G.O. S.p.A

Printed in Italy
ISBN 978-3-431-04075-3

2 4 5 3 1

Sie finden uns im Internet unter: www.luebbe.de
Bitte beachten Sie auch: www.lesejury.de